16856

BONAPARTE

ET

NAPOLÉON.

PAR ÉDOUARD COLIN.

O Corse à cheveux plats, que ta France était belle
Au grand soleil de messidor.
(A. BARBIER, Iambe VII.)

Sois Maudit !... O Napoléon !
(A. BARBIER, Iambe VII.)

PRIX : 50 CENTIMES.

Paris.

BRETEAU ET PICHERY, LIBRAIRES-EDITEURS,
Passage de l'Opéra, galerie de l'Horloge, 16.

1841.

Ye 40684

Y+

BONAPARTE

ET

NAPOLEON.

40684

le

IMPRIMERIE DE MADAME DE LACOMBE,
12, rue d'Enghien.

BONAPARTE

ET

NAPOLÉON.

PAR ÉDOUARD COLIN.

BIBLIOTHÈQUE ROYALE

O Corse à cheveux plats, que ta France était belle
Au grand soleil de messidor.
(A. BARBIER, Iambe VII.)

Sois Maudit !... O Napoléon !
(A. BARBIER, Iambe VII.)

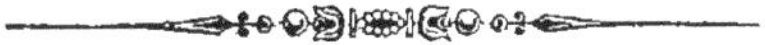

Paris.
BRETEAU ET PICHERY, LIBRAIRES-EDITEURS,
Passage de l'Opéra, galerie de l'Horloge, 16.

1841.

BONAPARTE

et

NAPOLÉON.

Lorsque tout un peuple se lève
Pour saluer Napoléon,
Il convient qu'une voix s'élève
Contre l'éclat de ce grand nom;
Cette voix, c'est la voix pieuse
De la raison impérieuse,
Que nul chant ne peut dominer;
Et la tête découronnée,
D'une auréole environnée,
Devant elle doit s'incliner.

Les compagnons de sa fortune,
En protégés reconnaissans,
De leur belliqueuse tribune
Veulent évoquer ses talens....
Sur le pavois de la puissance,
Ils en font, au nom de la France,
Le plus vertueux des soldats;
Mais nous, spectateurs d'un autre âge,
Pesons, sans lui faire d'outrage,
Tous les faits par les résultats.

Mort sur une plage lointaine,
Jugeons-le sans ressentimens;
L'éloignement de Sainte-Hélène
Vaut bien la distance des temps....
Comme s'il avait vu descendre
De nombreux siècles sur sa cendre,
Élevons-lui son piédestal;
Sans être éblouis par sa gloire,
Asseyons-le devant l'histoire,
Comme César, comme Annibal.

Sur la France qu'émeut des passions profondes,
Voyez cet aigle audacieux,

Qui dès son premier vol s'élevant jusqu'aux cieux,
Semble des éclairs de ses yeux,
Vouloir embraser les mondes....
Qui, dans ses serres, tenant un drapeau,
Le déchire, en jette un lambeau
A ses aiglons demeurés en extase....
Étend ses ailes, et planant sur eux,
Dans son essor majestueux,
Leur communique à tous la fougue qui l'embrase...
Fond sur son ennemi, le fascine et l'écrase.

A peine a-t-il quitté le sauvage rocher,
D'où son instinct guerrier le devait arracher,
Que voulant essayer les feux de son tonnerre,
Sur des fronts couronnés il va lancer la guerre...
Il leur jette l'effroi... Sur eux appesantit
Un glaive sans lequel la liberté périt...
Voyez-le s'élancer aux plaines d'Italie,
D'un coup d'aile il franchit les champs d'Occitanie,
Il s'abat... et la France étourdie un instant,
Se rassure à la voix du maître qu'elle entend.

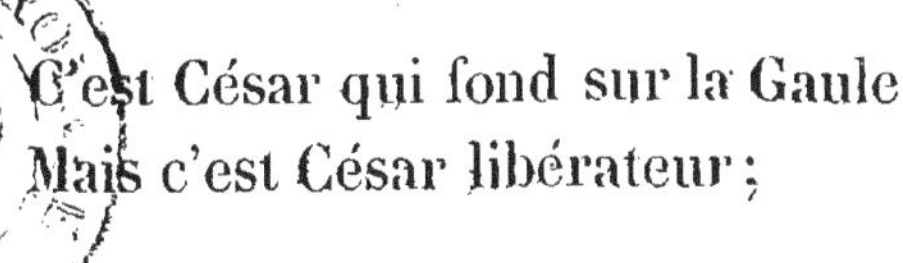

C'est César qui fond sur la Gaule,
Mais c'est César libérateur;

César qui part du Capitole
Pour combattre un persécuteur...
Qu'il est grand!... que de poésie,
D'enthousiasme, de génie,
Sur ce jeune front de vingt ans!...
Rois, affermissez vos vieux trônes,
Empereurs, rivez vos couronnes
Sur votre tête à cheveux blancs.

Courbez-vous, c'est l'ange qui tombe
Du ciel avec la liberté,
Il vient renverser l'hécatombe
Offerte par la cruauté...
Il vient détruire les supplices,
Il vient anéantir les vices,
Enfans des révolutions;
Et comme Cyrus magnanime,
Il vient reconstruire Solyme
Détruite par les passions.

Il vient dicter des lois sublimes
Aux magistrats dégénérés;
Aux peuples des droits légitimes,
Aux princes des devoirs sacrés...
Il est partout, sa voix résonne

Aussi fort que son canon tonne,
Jusqu'aux rives du Tanaïs...
Et bientôt il devient idole,
Par son courage au pont d'Arcole,
Par son éloquence à Tœplitz...

Suivons d'un œil rapide, aux rives africaines,
Cet ensemble vivant des merveilles humaines...
Il part; mais ce n'est point un fol aventureux
Qui s'engage sans but sur un sol dangereux,
Qui ne cherche, du fond de l'exil qu'on lui donne,
Qu'à rehausser l'éclat dont brille sa personne;
Non : il veut que le fer qu'il tient entre ses mains
Devienne aussi fécond que le fer des Romains.
De deux voisines mers il veut mêler les ondes,
Pour doter son pays de ressources fécondes;
Et mariant ainsi deux mondes par leurs eaux,
Jusqu'à l'Inde effrayée envoyer ses vaisseaux;
Puis, du Mahométan prenant le cimeterre,
Il y veut attaquer la perfide Angleterre,
En protégeant lui seul, par d'incroyables coups,
Ses soldats dévoués, et ses maîtres jaloux.

Dans son tombeau séculaire,
Il réveille Sésostris;

Il soulève la poussière
Du vieux temple de Memphis...
Cette Égypte inanimée,
Qui n'est plus accoutumée
A la voix d'un conquérant,
Croit d'un nouvel Alexandre
Revoir la vivante cendre
S'élever sur l'Orient.

Des arts et de la puissance,
Il débarque environné;
Monge apporte sa science,
Kléber son front couronné...
Ces rives, autrefois fières
De leurs profondes lumières,
Tremblent au nom du vainqueur ;
Et semblent tout étonnées
De voir, après tant d'années,
Encor un jour de splendeur.

Jaffa, dans son froid suaire,
Et tressaille et se soumet;
Acre croit voir la bannière
Dans la main de Mahomet.

A cinq cents ans de distance,
Le nom puissant de la France
Frappe le berceau chrétien,
Et du fond de la Syrie,
La ville de Zénobie
Croit entendre Aurélien.

Tout-à-coup, au milieu de sa marche rapide,
Il abandonne au sort les vieux guerriers qu'il guide.
Il part ; un ennemi jaloux de son bonheur,
Accusait sa pensée, et le frappait au cœur...
Il échappe, à travers une escadre nombreuse,
Aux embûches que dresse une horde haineuse...
Il aborde, il paraît... Mais la réflexion
Avait donné l'essor à son ambition...
Non content d'assurer le sort de sa patrie,
Et de lui conserver sa liberté chérie,
Il prétend régner seul, et fier de sa grandeur,
Il veut de Charles-Quint l'empire et la splendeur ;
A sa tête exaltée il faut une couronne !...
Dans l'abîme précipité,
Étourdi par sa gloire, il tombe sur un trône,
Du haut de sa simplicité !...

L'égoïsme efface la gloire ;
Il n'est plus le grand général !...

Cet élan généreux, ce cri national
Qui présidait à la victoire,
N'est pour lui qu'un songe fatal
Dont il a perdu la mémoire ;
Il n'est plus le grand général !...

Il a laissé sous la couronne,
Pâlir sa popularité ;
En mettant le pied sur le trône,
Il a tué la liberté ;
Avec elle, sa grandeur tombe,
Il est entraîné dans la tombe
Qu'il avait comblée autrefois ;
Le peuple indigné se désole
De ne plus voir dans son idole,
Que l'usurpateur de ses droits.

L'époque de gloire est passée,
Pour cette France qui portait
Une guerre juste et sensée
A l'étranger qui l'insultait.
C'est une autre ère qui commence,
C'est un autre homme qui s'élance
Sur l'horizon ensanglanté ;
Fort de son immense génie,

Il vient semer la tyrannie
Dans le champ de la liberté.

Le sang, la conquête et la guerre
Sont ses gages conservateurs...
Il faut plier... son âme altière
N'entend ni les cris, ni les pleurs...
Pour arriver à cet empire,
Où son immense orgueil aspire,
Tous les moyens sont hasardés;
Et le géant, dans sa colère,
Tache sa robe consulaire
Du sang du dernier des Condés.

A l'aigle autrichien l'Italie échappée,
Se place sous l'abri de sa puissante épée,
Et l'Italie est, sans pudeur,
Foulée aux pieds du protecteur.
Par les trois léopards l'Irlande déchirée,
Se lève confiante et se croit délivrée
Par l'appui que promet la grande nation;
Et l'Irlande tombe étouffée,
Sans emporter d'autre trophée
Qu'une terrible oppression.

C'est maintenant partout le glaive qui gouverne,
La justice se tait et se voile au grand jour,
La France n'est qu'une caserne,
Où l'on n'entend vibrer que la voix du tambour.
Les lettres, qui toujours perdent leur énergie,
Sans la liberté du génie,
N'ont que des chants obscurs pour flatter le tyran ;
Et les arts, par le fer chassés de leur refuge,
Ne peuvent présenter à l'histoire qui juge,
Que le butin du Vatican.

Les tendres sentimens étouffés dans son âme,
Ne parlent plus au cœur du héros d'autrefois ;
Sa pourpre !... il la salit par un divorce infâme,
Il faut à l'empereur l'alliance des rois...
Voulant à sa jeune aigle unir une aigle ancienne,
Il fait chercher l'Autrichienne
Sous des murs que naguère il allait saccager ;
Et celle qui dans le danger
Accepta du soldat la simple destinée,
Tombe pauvre et découronnée,
Devant un orgueil étranger.

Sûr de son pouvoir sur la France,
Il lui demande encor de nouveaux bataillons,

Mais le soleil de sa vaillance
Brille de ses derniers rayons.
Pour assouvir une injuste vengeance,
Il a juré que le Kremlin des czars
Serait vassal de sa puissance...
Il a compté sans les hasards!...
Le Kremlin enflammé va devenir la tombe
De l'aigle, dont le monde était épouvanté;
Et comme Sisyphe emporté,
Sous le poids du rocher l'envahisseur succombe!!

Varus, rends-moi mes légions!
Je te les avais confiées,
Et tu les as sacrifiées
A de folles ambitions...
Tu peux me répondre sans honte,
A moi, la France, tu dois compte
De mes généreux bataillons;
Du meilleur sang des nations,
Un chef doit être plus avare,
S'il le prodigue il est barbare...
Varus!... rends-moi mes légions!...

Où sont tous mes héros d'Égypte et d'Italie?
Que m'a valu le sang d'Austerlitz, d'Iéna?

Le fier étranger m'humilie,
Et brise de ses mains ce fer qui l'étonna...
Par ton ambition, mes villes sont désertes,
Mes défenseurs tombent brisés...
Et mes frontières découvertes,
Livrent à l'ennemi mes enfans épuisés.

Et c'est à toi que la France voilée,
Dresse un immortel mausolée!...
A toi, son mauvais ange!... à toi... Napoléon!...
C'est toi, dont elle veut consacrer la mémoire!
Toi qu'elle va nommer sa plus brillante gloire!...
Un autre homme que toi mérite mieux ce nom,
Et les honneurs du Panthéon...
C'est Bonaparte populaire,
C'est le général regretté,
Qui mourut le dix-huit brumaire,
En attaquant la liberté.

BIBLIOTHÈQUE ROYALE

On doit la pierre tumulaire
Au soldat qui sauva la patrie en danger;
Et non à l'empereur, qui portant une guerre
Injuste autant que téméraire,
Dans les murs de Paris attira l'étranger.

E. C.

www.ingramcontent.com/pod-product-compliance
Ingram Content Group UK Ltd.
Pitfield, Milton Keynes, MK11 3LW, UK
UKHW012133240726
13965UKWH00005B/2155

9 782013 267847